www.tredition.de

AF214599

Jürgen Heimlich

Zentralfriedhofs-Führer

Den Wiener Zentralfriedhof
individuell entdecken

Aktualisierte und ergänzte Ausgabe 2019

www.tredition.de

Das Werk, einschließlich seiner Teile, ist urheberrechtlich geschützt. Jede Verwertung ist ohne Zustimmung des Verlages und des Autors unzulässig. Dies gilt insbesondere für die elektronische oder sonstige Vervielfältigung, Übersetzung, Verbreitung und öffentliche Zugänglichmachung.

© 2019 Autor: Jürgen Heimlich
Verlag und Druck: tredition GmbH, Hamburg
www.tredition.de

ISBN: 978-3-7469-9433-8 (Paperback)
       978-3-7469-9434-5 (e-Book)

Bibliografische Information der Deutschen Nationalbibliothek:
Die Deutsche Nationalbibliothek verzeichnet diese Publikation in der Deutschen Nationalbibliografie; detaillierte bibliografische Daten sind im Internet über http://dnb.d-nb.de abrufbar.

Inhalt

Anmerkungen des Autors zur aktualisierten Ausgabe 2019

Drei Kapitel sind meinem zweiten Friedhofs-Buch „Wiener Friedhöfe – eine Entdeckungsreise" mit längeren Passagen entnommen. Und zwar jene über den Naturgarten, den Tierfriedhof und das Krematorium. Der Naturgarten und der Tierfriedhof wurden nach der Veröffentlichung meines „alten Zentralfriedhofs-Führer" eröffnet, mit dem Krematorium habe ich mich selbst erst nach 2008 zu beschäftigen begonnen.

Zudem gibt es fünf weitere Kapitel, die hinzugekommen sind, und zu entdeckende Facetten des Zentralfriedhofs beschreiben.

Von den Routen her gibt es eine Änderung in Form einer „Überraschungsroute". Dafür wurde eine frühere Route weggelassen und die dort vorkommenden entsprechenden Areale werden ausführlicher besprochen.

Übersichtsplan Zentralfriedhof

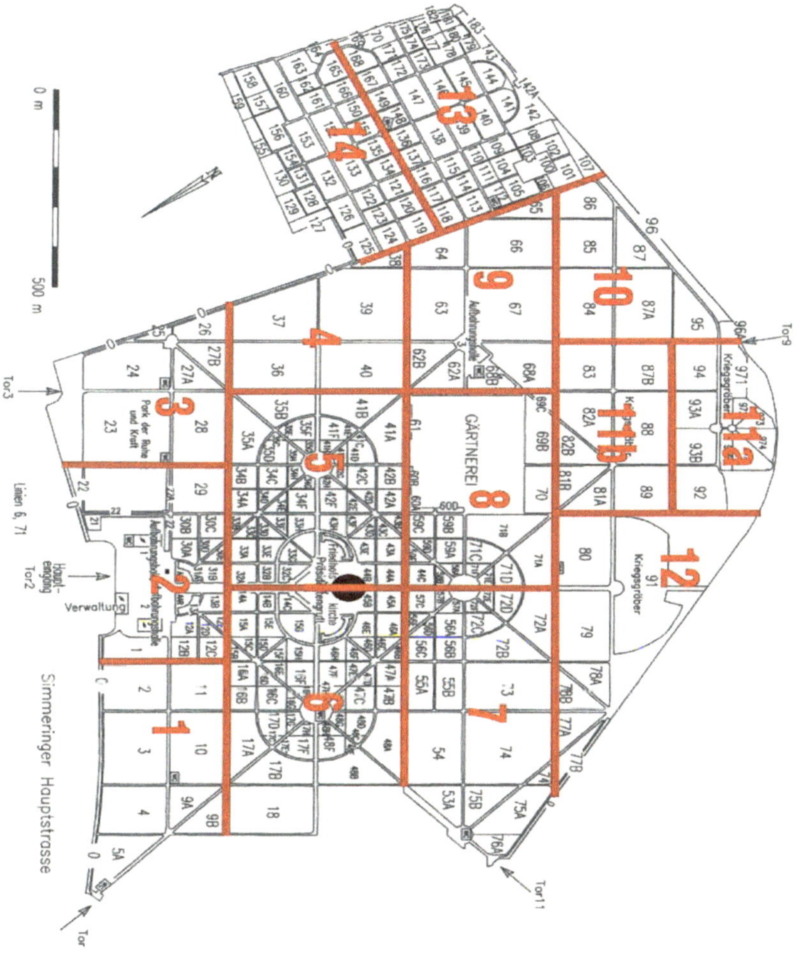

7

"Der Friedhof liegt voller Menschen, ohne die die Welt nicht leben konnte."

(aus Irland)

Ein Friedhof verwandelt sich

Am 1. November 1874 wurde der Wiener Zentralfriedhof feierlich eröffnet. Das Bevölkerungswachstum legte es nahe, einen Friedhof zu schaffen, der aufgrund seiner Größe dauerhaft als einziger Friedhof der Reichshauptstadt Wien dienen könnte. Der Zentralfriedhof ist zwar nicht der einzige Friedhof in Wien, aber er ist der mit Abstand Größte, und sogar der zweitgrößte Europas nach jenem von Hamburg-Ohlsdorf.

Die Fläche von 2,5 Millionen m2 verdeutlicht die enormen Ausmaße des Zentralfriedhofs. Der Auswahl des Standortes in Simmering gingen wohl viele Überlegungen der Verantwortlichen voraus. Zwei Faktoren für das Areal waren sicher auch ausschlaggebend: Das Flächenausmaß und die Tatsache, dass sich die Erde für Bestattungen sehr gut eignete.

Doch es zeigte sich in den ersten Jahren seines Bestehens, dass der Zentralfriedhof bei der Wiener Bevölkerung keinen besonderen Anklang fand. Vielleicht aufgrund seiner Lage am Stadtrand. Somit beschloss der Gemeinderat 1881, durch die Schaffung von Ehrengräbern die Attraktivität des Zentralfriedhofs zu erhöhen. Auf anderen Friedhöfen ruhende Persönlichkeiten wurden exhumiert und deren letzte Ruhestätten am Zentralfriedhof verortet. Bis heute sind es auch weiterhin die Ehrengräber, die insbesondere von Touristen angesteuert werden. Doch die Reduktion eines Friedhofs allein auf die Ehrengräber wird ihm nicht gerecht. Das ist einer der Gründe, warum ich 2007 beschlossen habe, einen

„Zentralfriedhofs-Führer" zu verfassen. Ich wollte auch andere Aspekte des Zentralfriedhofs in den Fokus nehmen, und damit potenziellen Besucherinnen und Besuchern einen weit über die Ehrengräber hinaus gehenden Einblick in die Werdung und Entwicklung dieses Friedhofs verschaffen.

Denn eines lässt sich nicht verhehlen: Auch ein Friedhof verwandelt sich, bleibt also nie derselbe. Das lässt sich allein schon daraus ablesen, was seit der Veröffentlichung meines „Zentralfriedhofs-Führer" im Jahre 2008 bis zu Beginn des Jahres 2019 entstanden ist. Es lag für mich also sehr nahe, den „Zentralfriedhofs-Führer" zu aktualisieren. In diesem Büchlein finden Sie auch Kapitel über den Tierfriedhof, den Naturgarten, die neue Anatomie-Gedenkstätte und die Waldfriedhöfe. Dies sind allesamt neu geschaffene Plätze. Das Krematorium ist nunmehr auch Bestandteil dieses Guides. Zudem gibt es das neue Bestattungsmuseum seit Oktober 2014 auf dem Zentralfriedhof. Und seit April 2018 können Friedhofsbesucher im Friedhofscafé den Friedhofsbesuch ausklingen lassen oder sich auf den Friedhofsbesuch einstimmen. Die Verwandlung des Friedhofs innerhalb von gerade einmal etwa 10 Jahren ist erstaunlich. So lässt sich mein neuer „Zentralfriedhofs-Führer" nur bedingt mit seinem Vorgänger vergleichen. Zwar ist manches fast gleich geblieben bzw. wurde bloß etwas adaptiert, doch ist er ausführlicher und beschreibt den Zentralfriedhof, wie er sich 2019 präsentiert. Ein besonderes Anliegen ist es mir zudem, die „Gruppe 40", die Gedenkstätte für die Widerstandskämpfer/innen, einzubeziehen. Seit 2013 ist die „Gruppe 40" eine nationale Gedenkstätte, und liegt mir am Herzen. Jeder Gast des Zentralfriedhofs wird Lieblingsplätze haben. Ich mag den

Naturgarten sehr und die „Gruppe 40" besuche ich ebenso regelmäßig.

Ich wünsche Ihnen anregende Lektüre und viel Freude beim Entdecken des Zentralfriedhofs. Und wer weiß, vielleicht begegnen wir uns einmal dort und kommen miteinander ins Gespräch...

Park der Ruhe und Kraft

Über das 3. Tor des Zentralfriedhofs ist der *Park der Ruhe und Kraft* durch stures geradeaus gehen innerhalb von wenigen Minuten erreichbar. Er verkörpert die Gruppe 23, und wurde im Jahre 1999 eröffnet; kann also durchaus als neuzeitliche Errungenschaft bezeichnet werden. Der Park ist ein wenig versteckt, doch wird zum einen gut sichtbar auf ihn aufmerksam gemacht, zum anderen ist er bei gemütlichem Schlendern, was auf einem Friedhof ohnehin zu empfehlen ist, mühelos ausfindig zu machen.

Diese Parkanlage mitten im Wiener Zentralfriedhof dient in erster Linie als Energiespender für Menschen, die ein wenig Mühsal abladen und Labsal aufnehmen wollen.

Auf meinen zahlreichen Durchschreitungen des *Parks der Ruhe und Kraft* begegne ich zahlreichen Menschen. Wenige Male beobachtete ich Touristengruppen dabei, wie sie jene Rituale vollzogen, die bei den einzelnen Stationen beschrieben werden. Sie berühren also Steine, umarmen Bäume, achten darauf, ob sich unter ihren Füßen Energiefelder befinden, und rasten sich am Ende auf einer kleinen Anhöhe aus, um gemeinsam über die energetischen Erfahrungen zu reflektieren.

Ich halte wenig davon, „Dienst nach Vorschrift" zu machen, und diesen Park wie ein Museum zu durchgehen, das allerlei Prunkstücke zu bieten hat. Zwar kann diese Parkanlage entdeckt werden, indem die Hinweise beachtet werden. Aber was passiert, wenn eine besondere energetische Kraft gespürt werden soll? Ja, genau: Der Betroffene glaubt definitiv, es ginge etwas in ihm vor.

„Ja, ja, ich habe es gewusst! Ich spüre die Energien durch mich fließen!"

Also, die selbsterfüllende Prophezeiung kommt hiermit zu ihrem Recht.

Womit ich auch schon beim Wesentlichen bin. Wie der Konstruktivismus lehrt, bildet sich der Mensch seine *eigene Wirklichkeit*. Ja, es handelt sich sogar – genau genommen – um eine *erfundene Wirklichkeit*. Niemand ist davon ausgenommen. Jeder Mensch nimmt die Dinge anders wahr, und er ist in einer besonderen Beziehung zur Welt, die ihn umgibt. Was für den Einen undenkbar ist, ist für den Anderen die Substanz seines Lebens. Auch dieser *Friedhofsführer* stellt weitgehend meine Wirklichkeit dar, wie ich sie wahrnehme. Es gibt keine Möglichkeit, sie definitiv zu verobjektivieren. Ich kann sie aber in einen Kontext verorten, und dadurch Ihnen, liebe Leserinnen und Leser, erfahrbar machen. Wenn Sie den Friedhof durchschreiten, werden Sie womöglich völlig andere Erfahrungen machen, als ich sie gemacht habe. Das ist auch gut so, weil jeder Mensch seine individuelle Sicht auf die Welt hat. Verhält es sich so, dass ein paar Touristen ähnliche Erfahrungen machen wollen, indem sie Bäume umklammern, und sich dann fragen: „Hör mal, ich spüre diese unglaubliche Lebendigkeit in mir, die der Baum auf mich überträgt. Ging es dir nicht genau so?" – führen sie die Qualität der individuellen Erfahrung ad absurdum. Keine Erfahrung kann gleichgeschaltet, keine Erkenntnis über die Welt zur objektiven Wahrheit erklärt werden. Wir Menschen erfinden uns unsere Wirklichkeit selbst, und der *Park der Ruhe und Kraft* ist dazu angetan, ganz individuell die Kraftströme zu entdecken, die nirgends aufgeschrieben und somit entmystifiziert sind.

Die Gestalter des *Parks der Ruhe und Kraft* haben sich Mühe gegeben, viele verschiedene Kraftströme in Verbindung zu bringen. Es gibt etwa eine symbolisierte Kathedrale, die Leid verarbeiten helfen, und vielleicht sogar einen inneren Heilungsprozess bewirken soll. Ob das für den Einzelnen zutrifft oder nicht ist eine Frage der inneren Zugewandtheit. Die Stationen geben dem sie durchwandernden Menschen die Möglichkeit, Erfahrungen zu machen, die er im Großstadtgetriebe oder auf der Autobahn kaum machen kann. Ich habe einen besonderen Bezug zum *Carre Kommunikation*. Ein Brunnen ist rundum von Bänken umgeben. Ganz zart fließt das Wasser, und mag einen Gedankenfluss im Menschen auslösen, der sich an diesem Platz niedergelassen hat. Vielleicht kommt an dieser Stelle sogar ein Gespräch mit Menschen zustande, welche sich zum gleichen Zeitpunkt hier versammelt haben. Ich habe hier schon psychisch kranke Menschen telefonieren gehört, eine alte Frau hat Wäsche gewaschen, und Radfahrer haben eine Brotzeit genommen. Dieser Punkt mitten im *Park der Ruhe und Kraft* kann selbst in der heißesten Zeit als zeitlich unbegrenzter Energiespender betrachtet werden, da er im Schatten liegt. Wer sich von der Welt betrogen fühlt, der kann im *Park der Ruhe und Kraft* Energie tanken, und womöglich nach dem Durchschreiten des Ausgangstores zu einer neuen Lebenseinstellung finden.

In der flirrenden Hitze des Sommers können – wenn man genau schaut – Hamster beobachtet werden, die unermüdlich nach Futter suchen, und mit Vorliebe pausbäckig durch die Gegend sausen. Es kann durchaus geschehen, dass Kinder fröhlichen Spielen zugetan sind, oder Pärchen ein Picknick veranstalten.

In sich ruhende oder zu ruhen suchende Individualisten sind aber nie ausgeschlossen. Es wäre kontraproduktiv, letztgenannte Menschen aus ihren Träumen zu reißen. Und wenn Ihnen eine Touristengruppe begegnet, die sich genau an Plan 17 hält, und den *Park der Ruhe und Kraft* mit einer Expedition verwechselt, dann sehen Sie es diesen Menschen nach. Nicht wenige Menschen brauchen eine Anleitung, um ihre Erfahrungen zu machen.

Russisch-orthodoxe Abteilung

Vom Ausgang des *Parks der Ruhe und Kraft* können Sie nach rechts ausscheren, und dann geradlinig Ihren Weg fortsetzen, bis Sie sich bei der Ehrengräberzeile gleich bei der Friedhofsmauer befinden. Es bleibt ihnen nichts anderes übrig, als links abzubiegen, und bei dieser Gelegenheit können Sie einige interessante Ehrengräber betrachten. Gleich am Anfang wird Ihnen das Grabmal für Adolf Loos auffallen, am bekanntesten ist in dieser Gegend des Friedhofs zweifellos das Ehrengrab des Antoni Salieri, der im Zusammenhang zu Mozart bekannt wurde, aber durchaus auch als Komponist hochbegabt gewesen ist.

Schon von weitem wird Ihnen die Lazaruskirche auffallen, welche inmitten der russisch-orthodoxen Abteilung thront. Bislang war es mir erst einmal vergönnt, die Kirche von innen zu betrachten. Die Kirche ist dementsprechend meist geschlossen. Wer das Glück hat, ausgerechnet dann die russisch-orthodoxe Abteilung des Zentralfriedhofs zu besuchen, wenn die Kirche geöffnet hat, sollte die Gelegenheit nicht auslassen, einen oder mehrere Blicke ins Innere zu wagen.

Bereits seit dem Jahre 1894 befindet sich in der Gruppe 21 des Wiener Zentralfriedhofs das Areal, welches als letzte Ruhestätte für *verstorbene Unterthanen russisch-orthodoxer Confession* dient, und im Übrigen von einer lebenden Gesträuchhecke eingefriedet ist. Es sind hier eine Prinzessin und eine Gräfin sowie eine Fürstenfamilie begraben. Prunkgräber gibt es keine, dafür einige originelle Grabstätten, wovon Sie sich unbedingt überzeugen sollten.

Ich habe eine starke Affinität zur russischen Kultur, insbesondere zur russischen Literatur, und mein Lieblingsautor ist *Fjodor Michailowitsch Dostojewski*. Wenn ich dieses eigenständige Areal betrete, dann verweile ich gerne, und bin auf diese Weise mit der russischen Kultur verbunden. Nur in Ausnahmefällen scheint es hierher Menschen zu verschlagen, die der russisch-orthodoxen Konfession nicht angehören. Ein Grund mehr, auf dieses wunderschöne Areal hinzuweisen, das sehr leicht über den beschriebenen Weg erreicht werden kann.

Eine weitere Möglichkeit, zur russisch-orthodoxen Abteilung zu gelangen, sei nunmehr beschrieben. Wenn Sie durch das Hauptportal des Zentralfriedhofes, also das zweite Tor gehen, halten Sie sich ein Weilchen geradeaus, wobei Sie schon nach wenigen Metern links und rechts die beiden größeren Aufbahrungshallen erblicken können. Schließlich tauchen die alten Arkaden auf, die im Neo-Renaissancestil erbaut wurden. Wenn Sie hier ab durch die Mitte gehen, kommen Sie überall möglich hin, nicht aber zur russisch-orthodoxen Abteilung. Also, halten Sie sich gleich mal nach links, wenn Sie die Arkaden bemerken. An dieser Stelle befindet sich auch ein Parkplatz, und Sie können diesen Weg verfolgen, und ruhig mal einen Blick nach rechts riskieren. Recht bald können Sie nämlich ein Grab sehen, das den *Opfern des Ringtheaterbrandes* gewidmet ist. Ein Grab in Form eines Kirchleins ist einige Zeit später dann ein guter Anhaltspunkt; denn hier können Sie wiederum links einbiegen, und werden schon bald die Lazaruskirche sehen.

Falls Sie sich wundern, dass ich nicht auf das Bauwerk einge-he, welches sofort sichtbar wird, wenn das Tor zwei durch-schritten ist, nämlich die Friedhofskirche, die im Jugendstil erbaut wurde, so kann ich nur darauf hinweisen, dass ich auf diesen Faktor später sicher noch eingehen werde. Dieser *Friedhofsführer* soll auch dazu dienen, weniger bekannte As-pekte des Zentralfriedhofes darzustellen. Die Friedhofskirche ist wohl neben den Ehrengräbern, die sich ja in relativer Nähe der Kirche befinden, wichtigste Station für Touristen, und es wäre nicht angebracht, ausgerechnet auf die Besichtigung dieses Bauwerkes zu verzichten. Verzeihen Sie den Exkurs; wahrscheinlich sind Sie längst schon in Gedanken oder sogar in der Realität den Weg abgegangen, der zur russisch-orthodoxen Abteilung führt.

Bald gelangen Sie wieder zur Friedhofsmauer, und können sich an den Ehrengräbern erfreuen oder sie zumindest etwas genauer in Augenschein nehmen.

Welcher der beiden Wege für Sie geeigneter scheint, bleibt natürlich Ihnen überlassen. Es ist aber gar nicht so einfach, zur russisch-orthodoxen Abteilung zu gelangen, wenn man nicht die Koordinaten kennt. Obzwar: Mit der Straßenbahn kommend (Linie 71 oder 6) ist die Kuppel der Lazaruskirche nicht zu übersehen, doch dorthin gelangen ist keineswegs ein Kinderspiel. Sind Sie nur für wenige Tage in Wien, habe ich dann bei meinen Routenbeschreibungen ohnehin einen be-sonderen Spaziergang in petto, der Sie entzücken mag.

Der Weg über den *Park der Ruhe und Kraft* zur *russisch-orthodoxen Abteilung* (ausgehend von Tor 3, wie beschrieben) dauert selbst bei besinnlichem Gehen kaum länger als eine halbe Stunde. Natürlich kann nur empfohlen werden, sowohl im *Park der Ruhe und Kraft* als auch im Areal der *russisch-orthodoxen Abteilung* länger als nur ein paar Sekunden zu verweilen. Außer Sie gehören zu jenen Menschen, die bei Kunstausstellungen die Angewohnheit haben, im Eilzugstempo durch die Räume zu jagen. Nun gut; weder bei Ausstellungen und noch weniger bei Friedhofsspaziergängen ist es angebracht, wie einst Nurmi – und am besten nicht links und nicht rechts schauend – ein Rekordtempo an den Tag zu legen. Aber ich bin ohnehin davon überzeugt, dass Sie zu jenen Menschen gehören, die das Unkonventionelle lieben, und somit am Müßiggang Gefallen finden, der keinesfalls aus dem Leben ausgeklammert sein soll.

Verweilen Sie ruhig an den Orten, die Sie besonders interessieren. Machen Sie sich einen Eindruck, und lassen Sie den Gedanken freien Lauf. Das kann durchaus befreiend sein.

Ein einmaliger Besuch des Wiener Zentralfriedhofs vermittelt kaum einen Eindruck von der Besonderheit dieses weit gestreckten Areals. Also, es ist nur zu empfehlen, immer wieder zu kommen. Sie müssen ja nicht zum Dauergast werden wie ich, wobei es sich freilich nicht so verhält, dass ich mich nur innerhalb der Friedhofsmauern bewege, aber das wäre eine andere Geschichte.

Der buddhistische Friedhof

Am 23. Mai 2005 wurde der Stupa als Gruppe 48a des Wiener Zentralfriedhofs eingeweiht.

Es handelt sich um eine Grabanlage, die durchaus als für den Westen ungewöhnlich bezeichnet werden kann. Außerhalb der asiatischen Kernländer sind buddhistische Friedhöfe jedenfalls nur marginal vorhanden. Umso mehr möchte ich Ihnen den Besuch des buddhistischen Friedhofes ans Herz legen, der auch als Ort der Kontemplation dienen mag.

Es gibt zwei Möglichkeiten, den Friedhof möglichst rasch aufzufinden. Einerseits über das erste Tor des Zentralfriedhofs. Wenn Sie den alten jüdischen Friedhof geradlinig durchschreiten gelangen Sie nach einiger Zeit (kann zwischen zehn und fünfzehn Minuten dauern) auf einen größeren Platz mit einigen Hinweisschildern. Nach links schauend erkennen Sie die Friedhofskirche, nach rechts schauend können Sie bereits den Stupa sehen. Wegzeit insgesamt vielleicht fünfzehn bis zwanzig Minuten.

Andererseits bietet sich der Weg über das zweite Tor des Zentralfriedhofs an. Sie kommen also an allerlei Ehrengräbern vorbei, und gehen Sie rechts an der Friedhofskirche vorbei, und noch ein Stückchen weiter, um dann wiederum nach rechts einzulenken, steht einer Begegnung mit dem buddhistischen Friedhof nichts mehr im Wege. Wegzeit sollte höchstens wenige Minuten länger sein wie über das erste Tor.

Ich beschäftige mich seit längerer Zeit mit dem Buddhismus, und eine Auseinandersetzung mit dem buddhistischen Friedhof kann dazu angetan sein, scheinbar „vergessene" Konfrontationen wieder einzugehen. Besuch erhält der buddhistische Friedhof von Nicht-Buddhisten wohl nur selten. Dabei ist es ein besonderes Erlebnis, diese nach buddhistischen Prinzipien angelegte Gedenkstätte zu durchschreiten. Gleich beim Eingang wird auf einer Hinweistafel beschrieben, welche Symbolik dieses Friedhofsareal durchzieht.

Wer den Wiener Zentralfriedhof besucht, sollte sich auf alle Fälle Zeit nehmen, dem buddhistischen Friedhof die Ehre zu erweisen. Es gibt – wie beschrieben – zwei Möglichkeiten, ihn konkret anzusteuern, andererseits kann er leicht in den einen oder anderen Spaziergang eingebaut werden. Für mich handelt es sich um einen friedlichen Ort, den ich sehr gerne besuche. Wenn Sie einmal dort sind, sollten Sie sich ein wenig Zeit nehmen, um die Einzelheiten zu entdecken.

Nähere Informationen können Sie bei der österreichischen buddhistischen Religionsgesellschaft einholen, die sich am Fleischmarkt 16 in der Inneren Stadt befindet.

Es gibt auch einen Folder, der über die Website der buddhistischen Religionsgesellschaft abrufbar ist.

(http://www.buddhismus-austria.at/assets/Dokumente-der-OeBR/Folder-Friedhof05-druck.pdf)

Der Babyfriedhof

Seit Ende des Jahres 2000 existiert auf dem Wiener Zentralfriedhof in der Nähe des 3. Tores ein Babygrabfeld. Es handelt sich um die Gruppe 35b. Für die Eltern gibt es zwei Optionen, ihr Baby bestatten zu lassen. Hat ein Baby ein Gewicht von weniger als 500 Gramm, muss es im Sinne des Bestattungsgesetzes als Frühgeburt geltend kremiert werden. 20 bis 30 Babies werden in einen Sarg verbracht und im Krematorium feuerbestattet. Die Asche der Babies kommt in eine Sammelurne, die in einem Schachtgrab, das sich in der Nähe des in erhöhter Lage errichteten Pavillons befindet, beigesetzt wird. Wenn das Geburtsgewicht eines Babies über 500 Gramm liegt, besteht die Möglichkeit einer Erdbestattung in einem Einzelgrab. Sehr wichtig hierbei ist, dass diese Gräber nur für 10 Jahre bestehen bleiben, hernach werden sie aufgelöst. Eine Verlängerung des Grabnutzungsrechtes ist also nicht möglich. Aufgrund dieser begrenzten Zeit, den Babies vor Ort zu gedenken, treffen Eltern häufig die Entscheidung, ihr Baby kremieren zu lassen, da die Urne im Sammelgrab bestehen bleibt.

Vom dritten Tor ausgehend befindet sich der Babyfriedhof bei geradliniger Strecke auf der rechten Seite nur wenige Meter nach dem *Park der Ruhe und Kraft*.

Rund um den Babyfriedhof und damit zusammenhängende wichtige Fragen existiert eine ausgezeichnete Homepage, die Sie unter http://www.shg-regenbogen.at abrufen können.

Hierbei gibt es auch angebotene Möglichkeiten für Betroffene, mit Selbsthilfegruppen in Kontakt zu kommen. Die Homepage wird vom „Verein Regenbogen" betrieben. Die Mitgliedschaft bei diesem sehr aktiven Verein ist kostenlos!

Die katholische Kirche begeht am 28. Dezember den „Tag der unschuldigen Kinder". An diesem Tag findet in der Pfarre St. Georg (Nähe U1 – Kagraner Platz) eine Gedenkmesse für alle Babys statt, die viel zu früh gestorben sind. An dieser katholischen Messe können natürlich auch Menschen, die nicht dem katholischen Glauben anhängen, teilnehmen.

Viele Babygräber sind sehr liebevoll gestaltet. Jedes Mal, wenn ich diesem Grabfeld einen Besuch abstatte oder auch nur vorbeigehe fühle ich eine tiefe Verbundenheit zu diesen so früh verstorbenen Menschen. Es gibt Mütter und Väter, die den Verlust ihres Kindes nie verstehen können, und deren Leben von Verzweiflung und oft auch Abkehr vom Glauben gekennzeichnet ist. Dieser Schmerz ist nur schwer nachzuvollziehen. Andere Mütter und Väter halten an ihrem Glauben fest oder dieser verstärkt sich sogar. Sie begehren nicht gegen Gott auf und sind sich dessen sicher, dass ihr Kind an einem wohlbehüteten Ort existiert, wo es auf sie wartet.

Ich glaube daran, dass diese Kinder nicht nur eine winzige Ahnung vom Leben mitbekommen haben, ehe sie verstorben sind. Diese Kinder kamen von jenem Ort, von dem wir alle kamen, bis wir das Licht der Welt erblickten. Was wäre es für ein Irrsinn, wenn zwischen zwei Dunkelheiten nur ein kaum sichtbarer Streifen von Licht diese Kinder erreicht hätte? Der

Glaube an Gott ist eine persönliche Sache, aber nur auf sich selbst bezogen wird er zu einer eigensinnigen Angelegenheit. Wir wünschen uns alle insgeheim, dass es den Menschen gut geht, deren Leben sich mit ihrem Tod vollendet hat. Und für mich sind es die vielen verstorbenen Babys, die meinen Glauben zusätzlich bestärken. Es kann nicht sein, dass diese Geschöpfe Gottes in das große Nichts zurückfallen, und nur Trauer und die Frage nach dem Warum bei ihren Angehörigen auslösen.

Das Leben dieser Kinder war unendlich kostbar, und ein Schatz kann sich nicht in wenigen Momenten in Luft auflösen. Manche Angehörige haben einen tiefen „Draht" zu ihren verstorbenen Babys. Das Babygrabfeld ermöglicht es ihnen, 10 Jahre oder auch länger ihrer Kinder vor Ort zu gedenken.

Der Naturgarten

Bis in die 1980´er Jahre hinein war der Zentralfriedhof ein Jagdgebiet. Heute werden andere Methoden angewandt, um das ökologische Gleichgewicht zu bewahren.

Eine dieser Methoden ist der 2011 eröffnete Naturgarten. Er wurde als Rückzugsgebiet für die vielen Tiere angelegt, die sich auf dem Zentralfriedhof heimisch fühlen. Auf 40.000 Quadratmetern gibt es ein Biotop, zudem viele junge Bäume, Sträucher und eine große als Lebensraum dienende Blumenwiese. Ein erkennbares Problem ist die Zurückdrängung der Natur und somit Vernichtung von Versteckflächen für alle möglichen Tiere. Warum dies geschieht, ist mir schleierhaft. Die Natur wird auch auf dem Friedhof in die Schranken gewiesen. Eine Tatsache, die für die Städte an sich ja üblich ist. Friedhöfe sind – und das darf nicht verheimlicht werden – auch Naturoasen. Die noch Lebenden sollen sich wohlfühlen und eine Freude daran haben, zudem die Stille genießen.

Ich habe sechs Rehe beobachtet, als sie durch den Naturgarten liefen. Innerhalb kürzester Zeit sind die Tiere ein Stück weit heimisch geworden und erfreuen sich an der Ruhe vor dem Ansturm der Touristen. Kein Wunder, dass sogar Bienen eine wahre Freude daran haben, hier auszufliegen.

Die Baumalleen auf dem Friedhofsgelände sind eine Augenweide. Kastanien, Buchen, Platanen, Linden, Ahorn, Hopfenbuche oder Schwarznuss erfreuen das Herz des Friedhofsgängers. Der Naturgarten grenzt an die Mauer zum Verschiebebahnhof, und befindet sich in der verlängerten Achse der Friedhofskirche. Zuvor ist ein Areal für die Opfer des 1. Weltkrieges angelegt, bezeichnet als Gruppe 91.

Allein schon der Weg zum Naturgarten lohnt einen Besuch auf dem weitläufigen Gelände des Zentralfriedhofs. Der Besucher kann dort verweilen, auf einer der ungewöhnlichen Sitzmöglichkeiten Platz nehmen und es sich gut gehen lassen. Zumeist ist die Einsamkeit der treueste Begleiter. Ein, zwei Mal waren gleichzeitig mit mir ein oder zwei Menschen auf dem Areal.

Eine große Zeitspanne, bevor der Zentralfriedhof angelegt worden ist, tummelten sich in der Auenlandschaft zahlreiche „Ureinwohner". Insbesondere Hasen, Rehe, Fasanen, Habichte und zahlreiche Singvögel genossen ihr Leben. Eichhörnchen und Feldhamster sind dazugekommen. Für die Tiere mag der Zentralfriedhof also nach wie vor ein lebenswerter Raum sein. Der Zentralfriedhof ist wohl eine Naturoase am Rande der Stadt, in der jener Abstand vom Alltag gewonnen werden kann, der zum seelischen und physischen Wohlbefinden unabdingbar ist.

Anatomie-Gedenkstätte

Wer nach seinem Tod seinen Körper der Medizin zur Verfügung stellte, wurde am Wiener Zentralfriedhof bis ins Jahr 2009 hinein anonym beigesetzt. Das hatte zur Folge, dass die kleine Gedenkstätte von Angehörigen mit verschiedenen Erinnerungsstücken, religiösen Symbolen oder Andenken drapiert wurde. Sie wollten damit ihrer Trauer und dem Gedenken an die hier Bestatteten Ausdruck verleihen. Schließlich wurde konstatiert, dass dadurch der eigentliche Sinn einer Gedenkstätte gefährdet sei. Also wurde die Idee geboren, den renommierten Prof. Arch. Dipl.-Ing. Dr. Christof Riccabona mit der Gestaltung einer neuen Erinnerungsstätte zu beauftragen. Diese wurde 2009 fertig gestellt und mit den Jahren auch erweitert. Sie ist der Gruppe 26 zugeordnet.

War die „alte" Gedenkstätte sehr bescheiden gewesen, so erwies und erweist sich die neue Anatomie-Gedenkstätte als Blickfang. Sie ist nicht zu übersehen. Vom dritten Tor des Zentralfriedhofs aus wählt der Friedhofsgänger vorzugsweise den kurzen Weg zur linken Außenmauer. Von dort aus geht es dann geraden Weges weiter und die Anatomie-Gedenkstätte wird innerhalb weniger Minuten erreicht. Die Gedenkstätte ist komplex und einfach zugleich. Sie ist achteckig konstruiert und wird von relativ hohen Mauern abgegrenzt. Der Zugang ist nur über einen Eingang möglich. Innerhalb der Gedenkstätte sind Halterungen für Blumenkränze angebracht. Zudem gibt es Laternen für Kerzen. Ein Holzkreuz schließt den Raum ab. Besucher der Gedenkstätte können auf Sitzbänken Platz nehmen.

Die Außenseiten der Wände sind bemerkenswert. Auf kleinen Plexiglasplatten können die Namen der Verstorbenen inklusive Geburts- und Sterbedatum angebracht werden. Dadurch wird die so lange Zeit bestehende Anonymität durchbrochen, auch wenn die Verstorbenen keinen einzelnen Grabstellen zugeordnet werden können. Es gibt keine Zeremonie während der Beisetzung. Von außen hin sind schwarze Marmordeckel sichtbar, unter denen die in Schachtgräbern verbrachten Sammelurnen eingelassen sind.

Es gibt verschiedenste Gründe, diese Form der Beisetzung zu wählen. Die Neugestaltung der Gedenkstätte schafft jedenfalls einen neuen Zugang zu den hier Bestatteten. Ich sehe es als Fortschritt, dass die Anonymität in ihrer radikalsten Form nicht mehr gegeben ist. Eine Gedenkstätte ohne Namen erfüllt keinen Zweck. Die Vorstellung mancher Menschen, nach ihrem Tod „einfach zu verschwinden", ist eine egoistische. Geht es doch darum, dass die Angehörigen Gelegenheit haben, ihnen an einem konkreten Ort zu gedenken. Im Falle der neuen Anatomie-Gedenkstätte ist dies durch die Namen auf den Wänden ablesbar. Die Angehörigen wissen, dass die Asche ihrer Lieben hier verortet ist. Dadurch entsteht eine Verbindung, die Gedenken erleichtert. Anonyme Bestattung im Sinne von „nach mir die Sintflut" verunmöglicht Gedenken. Wenn nun manche Menschen die Auffassung proklamieren, den Verstorbenen könne auch anderswo als am Friedhof gedacht werden, so ist dies freilich richtig. Aber die Verbindung von Gedenken mit der letzten Ruhestätte, die sich meist auf einem Friedhof befindet, ist naheliegend. Auch deswegen, weil diese Form des Gedenkens kulturhistorisch gewachsen ist. Friedhöfe sind aus dem Bedürfnis des Menschen heraus entstanden, die Toten zu ehren und ihrer über viele Generationen zu gedenken.

Der Gestalter der Gedenkstätte, Prof. Arch. Dipl.-Ing. Dr. Christof Riccabona hat, darauf gilt es an dieser Stelle hinzuweisen, seine Handschrift auf vielen Friedhöfen, insbesondere auch dem Zentralfriedhof hinterlassen. So ist sein Name untrennbar mit dem *Park der Ruhe und Kraft*, dem *Trauerpavillon des Babyfriedhofs* und dem *buddhistischen Friedhof* verbunden. Diesen Zentralfriedhofs-Führer durchleuchten also eindrucksvoll die enormen Gestaltungskräfte von Prof. Arch. Dipl.-Ing. Christof Riccabona. Danke für Ihre immens wertvolle Arbeit!

Die Anatomie-Gedenkstätte, wie sie sich jetzt präsentiert, offenbart die Namen der hier Bestatteten und knüpft dadurch auch eine direkte Verbindung zu deren Verdiensten für die Medizin.

Tierfriedhof Wien

Seit 2011 gibt es in Wien die Möglichkeit, sein Haustier nach dessen Ableben nicht auf die herkömmliche Weise zu „entsorgen", sondern diesem eine letzte Ruhestätte zu gewähren, wo Gedenken direkt an der Grabstätte möglich ist. Der Tierfriedhof befindet sich in unmittelbarer Nähe des 2. Tores des Zentralfriedhofs und somit auch unweit vom Krematorium Wien.

Als heilig geltende Tiere wurden im antiken Ägypten häufig bestattet. Katzen, Falken, Krokodile oder Stiere wurden einbalsamiert und hernach zu Grabe getragen. Während die Geschichte der Tierbestattung gut 10.000 Jahre alt ist, kann die Haustierbestattung erst seit vergleichsweise wenigen Jahren von trauernden Frauchen und Herrchen angeordnet werden. Meist sind es Hunde und Katzen, die auf Tierfriedhöfen beerdigt sind, so auch in Wien. Aber auch Meerschweinchen, Goldhamster oder Wellensittiche dürfen sich nach ihrem irdischen Tod einer Gedenkstätte erfreuen.

Der Tierfriedhof Wien ist in etwa 2500 Quadratmeter groß. Die Anzahl der Gräber ist von vornherein begrenzt. So gibt es auch fast opulent zu nennende Grabstätten, die den Tierfriedhof schmücken. Fotos des geliebten Tieres sowie ein lieber Spruch sind häufig anzutreffen. Ein kleiner Rundgang fördert einige Überraschungen zutage. Wer genauer hinsieht, ist im Vorteil.

Angesichts der hunderttausenden Tiere, die bestattet werden könnten, nimmt sich ein einziger Tierfriedhof in Wien bescheiden aus. Es handelt sich also um eine definitiv ungewöhnliche Option, die den hinterbliebenen Frauchen und Herrchen offen steht.

Von der Schönheit der Gräber her betrachtet können viele letzte Ruhestätten für Tiere mit solchen für Menschen mithalten oder übertreffen diese sogar, insofern die Grabstätten für Menschen einen sehr einfachen, lieblosen oder ungepflegten Eindruck hinterlassen. Ein Besuch des Tierfriedhofes Wien ist allemal einen Abstecher wert.

Ich für meinen Teil habe als Kind meine Haustiere stets begraben. Meine Tanzmaus (ja, ich gebe zu, dass ich damals als Kind vom „Tanz" angetan war, und noch nicht wusste, dass diesen armen Tieren ein genetischer Defekt eingepflanzt wird) in einer Blumenkiste am Balkon, Wellensittiche und chinesische Zwerghamster auf freiem Feld. Ich habe viele Tränen an den selbst geschaffenen Grabstätten vergossen. Die Existenz eines Tierfriedhofes in Wien begrüße ich auch aus persönlichen Gründen durchaus. Tierfriedhöfe gibt es nunmehr wohl fast überall in Europa, allein in Deutschland deutlich über 100.

Waldfriedhöfe

Die ersten Waldfriedhöfe Europas sind wahrscheinlich Anfang des 20. Jahrhunderts entstanden. Als alternative Bestattungsform hat ein Waldfriedhof im Jahre 2009 auch den Zentralfriedhof erweitert. Hierbei wurde dem von vielen Menschen geäußerten Wunsch entsprochen, einen Waldfriedhof am Zentralfriedhof anzulegen. Der erste Waldfriedhof am Wiener Zentralfriedhof wird der Gruppe 35A zugeordnet. Am Besten erreichbar ist er über das Tor 3. Zunächst taucht rechts der „Park der Ruhe und Kraft" auf. Nur wenige Meter weiter weist ein Schild auch schon auf den Waldfriedhof hin. Insgesamt gibt es etwa 200 hoch gewachsene Bäume, hauptsächlich Ahorn und Esche, von denen 36 für Urnenbeisetzungen ausgewählt worden sind. Rund um jeden dieser Bäume sind 12 Grabstellen kreisförmig angeordnet. Jede Grabstelle kann mit zwei Urnen belegt werden. Ob tatsächlich alle 12 Grabstellen nutzbar sind, ist von den Wurzeln der Bäume abhängig.

Für die Urnengräber gibt es eine gemeinsame Gedenkstätte. Eine einem Baum ähnelnde Stahlskulptur ist mit einheitlich gestalteten Tafeln versehen, wo die Namen, Geburts- und Sterbejahr der im Waldfriedhof Beigesetzten eingraviert sind.

Der Waldfriedhof erreichte nach einigen Jahren nahezu seine Kapazitätsgrenze. Um der Nachfrage zu entsprechen, galt es, einen weiteren Waldfriedhof aus der Taufe zu heben. Dieser ist seit Oktober 2016 Teil des Wiener Zentralfriedhofs. Er entspricht der Gruppe 41B und kann ebenfalls vom Tor 3 ausgehend geraden Weges erreicht werden. Somit lässt sich für den Friedhofserkunder ein Besuch der beiden Waldfriedhöfe sehr gut miteinander verbinden. Bietet der erste Waldfriedhof Platz für ca. 900 Urnen, so sind auf dem zweiten Waldfriedhof Beerdigungen von 1.400 Urnen möglich. Der zweite Waldfriedhof zeichnet sich dadurch aus, dass der Eingang mit anmutenden Grabstätten angereichert ist, auf deren Rückseiten individuell gestaltete Gedenktafeln angebracht werden können. Das Gestaltungsprinzip der Urnengräber gleicht jenem des ersten Waldfriedhofs. Es sind also wiederum um jeden der in diesem Fall 100 Bäume kreisförmig 12 Urnengräber angeordnet.

Waldfriedhöfe können als Zeichen der Zeit angesehen werden. Die „üblichen" Bestattungsformen werden dadurch aber keineswegs ausgehebelt. Waldfriedhöfe sind eine Alternative für Menschen, die nach ihrem Tode an einem besonderen Ort verweilen wollen, der sie in Einklang mit der Natur bringt. Für Angehörige, die der Gedenkstätte einen Besuch abstatten, ist es auch ein Ort der Abgeschiedenheit, der Ruhe und des Friedens.

Dass die Kosten und Folgekosten für eine Bestattung in einem Waldfriedhof vergleichsweise niedrig sind, mag für manche Menschen, die auf diese Weise beerdigt werden wollen, ein wesentlicher Grund für die Entscheidung sein, diese alternative Bestattungsform zu wählen. Es ist aber davon auszugehen, dass es in den meisten Fällen der Wunsch danach ist, in einer natürlichen Umgebung die letzte Ruhe zu finden.

Exkurs: Bestattungsmuseum

Am 13. Oktober 2014 wurde das Bestattungsmuseum direkt am Wiener Zentralfriedhof der Öffentlichkeit zugänglich gemacht. Zuvor war der Standort im 4. Bezirk in der Goldeggasse 19 gewesen. An dieser Adresse befand es sich ab Juni 1967.

Das „alte" Bestattungsmuseum konnte nur im Rahmen einer Führung erkundet werden. Nunmehr kann der Besucher zu den Öffnungszeiten, die im Serviceteil angegeben sind, dort auch unabhängig von einer Führung unterwegs sein.

Der Standort des Bestattungsmuseums ist gut gewählt. Es befindet sich in unmittelbarer Nähe zum 2. Tor des Zentralfriedhofs. Die Ausstellung hat interaktive und multimediale Elemente. Insgesamt sind gut 250 Objekte und Bildmaterial zu entdecken. Ich zeigte mich von Anfang an begeistert von der Dauerausstellung. Die Entwicklung des Bestattungswesens wird verdeutlicht und so kann etwa nachvollzogen werden, wie die Bestattung von Mozart in einem Klappsarg vor sich gegangen sein mag. Oder aus Angst davor, lebendig begraben zu werden, waren in früheren Zeiten Herzstichmesser und Rettungswecker an der Tagesordnung, um auf Nummer sicher zu gehen.

Direkt über dem Bestattungsmuseum befindet sich die Aufbahrungshalle 2. Wenn die „lange Nacht der Museen" die Besucher auch auf den Zentralfriedhof lockt, dient die Aufbahrungshalle 2 zusätzlich zum Bestattungsmuseum als Ausstellungsort. Ich habe auch einen persönlichen Bezug zu diesem Ort. So hielt ich dort bereits eine Lesung und mein in kongenialer Zusammenarbeit mit Peter Bosch entstandener Kurzdokumentarfilm über den Wiener Zentralfriedhof wurde im Rahmen der „langen Nacht der Museen" in der Aufbahrungshalle in Dauerschleife gezeigt.

Das Bestattungsmuseum ist jetzt dort, wo es hingehört. Ein museumseigener Shop bietet Devotionalien an, die in unmittelbarem Zusammenhang zum Thema Bestattung zu sehen sind. Sowohl Touristen als auch Einheimische sollten, insofern sie das Museum noch nicht kennen, diesem auf alle Fälle einen Besuch abstatten. Es lohnt sich und Schmunzeln angesichts einiger skurriler Objekte ist nicht verboten.

http://www.bestattungsmuseum.at

Krematorium Wien

Jahrhundertelang war die Feuerbestattung auch in Wien unvorstellbar. Die Kirche blockierte diese Möglichkeit. Hintergrund war die – angeblich - glaubensfeindliche Dimension dieser Form, Menschen eine letzte Ruhestätte zu gewährleisten. Die Leugnung der Wiederauferstehung ist dahingehend ein bemerkenswerter, vorgeschobener Grund. Der Mensch soll in seiner Leiblichkeit wieder auferstehen. Durch die Feuerbestattung wird dem Verstorbenen dieser Gnadenakt Gottes verwehrt. In Wien rang sich die Kirche erst 1963 durch, Feuerbestattungen zuzulassen. Freilich wird den Gläubigen empfohlen, eine Erdbestattung vorzuziehen.

Die Geschichte der Feuerbestattung in Wien wurde – um ein Bonmot zu bemühen – am 7. Oktober 1921 angeheizt, als der Gemeinderat den Bau eines Krematoriums auf dem Gelände des Neugebäudes in Simmering beschloss. Den Architektenwettbewerb gewann Clemens Holzmeister, der zu Österreichs wesentlichsten Kirchenarchitekten zählt. Bemerkenswerterweise verbot Sozialminister Schmitz einen Tag vor der geplanten Eröffnung des Krematoriums, und zwar am 16. Dezember 1922, österreichweit die Feuerbestattung. Davon unbeeindruckt zeigte sich Bürgermeister Reumann, der einen Tag später keinen Rückzieher machte. Die Bundesregierung klagte Reumann beim Verfassungsgerichtshof, unterstützt von vielen katholischen Geistlichen. 1924 entschied der Verfassungsgerichtshof zu Gunsten der Stadt Wien. Die Geburtsstunde der Feuerbestattung war bereits am 17. Jänner 1923 erfolgt. Nunmehr war eine rechtliche Absicherung gegeben.

Das Urnengrab von Jakob Reumann befindet sich gleich im Innenhof der Feuerhalle.

Das Gelände des Krematoriums ist in relativer Nähe zum 2. Tor des Zentralfriedhofs angelegt. Der Zugang ist nicht so leicht erkennbar. Doch der geübte oder gewillte Friedhofsgänger kann schnell zu dieser für Wien einmaligen Destination vordringen, wenn er nur weit genug in den Hintergrund tritt. Belohnt wird er mit einem sehr schön angelegten Friedhof, der großteils von Erdgräbern beherrscht ist. In den prächtigen Arkadengängen gibt es zahlreiche Urnennischen, darunter auch ehrenhalber gewidmete Gräber. Das Areal lädt zu längeren Spaziergängen ein.

Überrascht war ich, in einer der Arkadengänge das Urnengrab von Hugo Bettauer zu sehen, das nicht als Ehrengrab gekennzeichnet ist. Der Autor und Journalist Hugo Bettauer wurde am 10. März 1925 in seiner Redaktion niedergeschossen. Am 26. März erlag er seinen schwerwiegenden Verletzungen im Alter von 52 Jahren. Der von NS-Ideen indoktrinierte Attentäter wurde in die Psychiatrie verbracht und eineinhalb Jahre später als „geheilt" entlassen. Hugo Bettauer ist insbesondere für seine Werke „Die Stadt ohne Juden" und „Die freudlose Gasse" bekannt.

Der Vorteil der Feuerbestattung liegt in den vielfältigen Verbringungsmöglichkeiten der Urnen begründet. Die Kostenfrage sollte bei der Wahl zwischen der Erdbestattung und der günstigeren Feuerbestattung keine Rolle spielen. Als Kind bin ich dem Glauben angehangen, die Toten würden vor den

Augen der Angehörigen verbrannt. Diese könnten also sehen, wie der Körper in Flammen aufgeht. Wie ich nunmehr weiß, wird eine solche Zeremonie in Indien durchgeführt. In Varanasi wird einerseits zwecks Sündenreinigung im Ganges gebadet, andererseits werden nur wenige Meter davon entfernt Verstorbene verbrannt, und deren Asche hernach ins Wasser gestreut. In Wien läuft die Sache unter Ausschluss der Öffentlichkeit ab. Der Leichnam wird in einem Sarg befindlich in einen Ofen geschoben. Während der Kremation wird in der Hauptbrennkammer eine Temperatur von 1200 Grad Celsius erreicht. Der Vorgang dauert etwa 70 Minuten.

Interessant ist, dass die Anzahl der Feuerbestattungen nach der Tolerierung durch die Kirche im Jahre 1963 in Wien nicht angestiegen ist. Dies ist auch der Grund, warum das zweite Krematorium in Stammersdorf seit Mitte der 1980´er Jahre stillgelegt ist. Das Krematorium in Simmering ist also das einzige Krematorium in Wien und genießt somit eine besondere Stellung.

Nationale Gedenkstätte – Gruppe 40

Mit einem Areal auf dem Wiener Zentralfriedhof bin ich ganz persönlich stark verbunden. Es handelt sich um die seit 2013 als nationale Gedenkstätte geltende *„Gruppe 40"*, wo Widerstandskämpferinnen und Widerstandskämpfern gegen das NS-Regime gedacht werden kann. In meiner Einleitung habe ich bereits darauf hingewiesen.

Das Besondere an der *„Gruppe 40"* ist, dass dort seit dem 28. Oktober 2018 eine virtuelle Gedenkstätte als Ergänzung zum realen Ort existiert. Im Bereich der *„Gruppe 40"* sind an zwei Stellen dezente und doch markante Stelen errichtet, auf denen Plaketten mit QR-Code angebracht sind. Der Besucher kann durch Scannen des QR-Codes via Smartphone direkt zu den Porträts der Widerstandskämpferinnen und Widerstandskämpfer verbunden werden. Die Digitalisierung bringt es mit sich, dass über die Grabstätten und die meist ablesbaren Geburts- und Sterbedaten hinaus die hingerichteten Menschen eine Biographie und ein Gesicht bekommen. Die digitale Ergänzung schafft also einen Mehrwert, der die Widerstandskämpferinnen und Widerstandskämpfer in unsere Mitte holt und für Generationen ihr Andenken sichert.

Ich hatte die ursprüngliche Idee, dieses Projekt umzusetzen. Anfang 2016 kam ich mit dem Vorstand des Vereins „Zur Erinnerung", Herrn Mag. Humer, in Kontakt, der als ehemaliger Dokumentarfilmer einen starken Bezug zur Erinnerungskultur hat. Er fand meinen Vorschlag sehr gut und so haben wir alle Hebel in Bewegung gesetzt, um das Projekt in

Angriff nehmen zu können. Entscheidenden Anteil daran hatte auch DI Michael Eberl, der die Plattform technisch entwickelt hat. Meine Aufgaben waren Redaktion und Recherche, sodass die Porträts der Hingerichteten erstellt und in das System eingepflegt werden. Hierbei bestand eine elementare Zusammenarbeit mit Dr. Wilhelm Weinert, der als Sohn von Widerstandskämpfern einen persönlichen Bezug zum Thema hat. Dr. Weinert hat die Biographien erforscht und seine Ergebnisse auch in Buchform veröffentlicht. Sein Werk „Mich könnt ihr löschen, aber nicht das Feuer" (Stern-Verlag, Wien) war Grundlage für meine Arbeit. Da er auch die Briefe der später Hingerichteten aus der Haft sowie weitere Korrespondenz in einem vierbändigen monumentalen Werk herausgebracht hat („Mein Kopf wird euch auch nicht retten", ebenfalls Stern-Verlag, Wien), habe ich auch diese auszugsweise in viele Porträts einbinden können. Die Umsetzung der virtuellen Gedenkstätte war auch ein Beitrag zum Gedenkjahr 2018.

Erstmals geriet ich Ende der 1990er Jahre mit dem Areal in Kontakt. Der Eindruck war unscheinbar. Doch im Laufe der Jahre hat sich Vieles getan. Ganz besonders hervorzuheben ist eben die Einweihung als nationale Gedenkstätte im Jahre 2013.

Besonders verdient gemacht um die *„Gruppe 40"* hat sich Käthe Sasso. Sie war selbst im Widerstand aktiv und wurde im Alter von 16 Jahren im Landesgericht I in Wien inhaftiert. Sie war persönlich mit vielen Hingerichteten bekannt oder befreundet. So etwa mit der Jüngsten im Landesgericht I hingerichteten Frau Anni Gräf und der später selig gesprochenen Sr. Restituta, Helene Kafka. Anlässlich der Eröffnung der virtuellen Gedenkstätte am 28. Oktober 2018 war es für mich ein sehr berührender Moment, als sich Käthe Sasso bei mir für meinen Einsatz bedankte. Ohne Käthe Sasso würde es die *„Gruppe 40"* wahrscheinlich gar nicht mehr geben. Sie hat schon ab 1945 alles ihr Mögliche getan, damit die *„Gruppe 40"* ein würdiges Aussehen erhält. Käthe Sasso persönlich zu kennen (sie wurde 1926 geboren) ist für mich eine Ehre.

Die „Gruppe 40" ist am Besten erreichbar, indem vom Tor 3 des Zentralfriedhofs aus gerade voran geschritten wird. Nach ca. 600 Metern wird linksseitig ein Ehrengräberfeld sichtbar. Dort ist bspw. auch Falco begraben. Doch im Anschluss an die Ehrengräber-Gruppe ist auch schon die große von Leopold Grausam gestaltete Stele sichtbar, die an die Widerstandskämpferinnen und Widerstandskämpfer erinnert. Die kleinere Stele mit der QR-Code-Plakette befindet sich in unmittelbarer Nähe davon. Und dahinter erstreckt sich das Areal der nationalen Gedenkstätte. Es wurden ca. 600 Widerstandskämpferinnen und Widerstandskämpfer vom NS-Regime im Landesgericht I hingerichtet. Die Nazis wollten, dass die Gräber anonym sind und damit die Hingerichteten ihrer Identität im Tod berauben. So wurden die Hingerichteten verscharrt, ohne dass Angehörige davon gewusst haben. Dass es später gelungen ist, die Leichen zu identifizieren und damit die Anonymisierung aufzuheben war für die Angehörigen schwierig. Denn die Leichen lagen durcheinander, sie waren irgendwie aufeinander geschichtet worden.

Nunmehr haben die Widerstandskämpferinnen und Widerstandskämpfer ihre Würde zurück bekommen.

Eine Frage, die mir gestellt werden könnte, lautet: Warum dieser Bezug zum Areal und zu den Widerstandskämpfern? Gibt es hierzu eine persönliche Geschichte? Darauf kann ich nur antworten, dass mir die Würdigung von Widerstandskämpferinnen und Widerstandskämpfern ein Anliegen ist. Bei Gedenkakten wird auf sie meist bewusst „vergessen" und über ihre Existenz war über Jahrzehnte hinweg der Mantel des Schweigens gelegt worden. Erst ab den 1990er Jahren erfolgte langsam ein Umdenken. Doch es kann nicht genug auf das Wirken dieser tapferen Menschen hingewiesen werden, die das NS-Regime nicht akzeptierten und etwas dafür tun wollten, dass diese Schreckenszeit ein Ende findet.

Wer den Zentralfriedhof besucht, der ist dazu aufgerufen, die nationale Gedenkstätte „*Gruppe 40*" in das Programm aufzunehmen. Mich persönlich würde es freuen, wenn Sie durch das Einscannen des QR-Codes einen Kontakt zu den Porträts der Hingerichteten herstellen. Es ist durch die technische Umsetzung des Projekts auch möglich, direkt zu den einzelnen Gräbern geleitet zu werden.

Zur Erinnerung®

Ausgehend vom ersten Tor: Route 1

Bei dem Spaziergang, der von Tor 1 seinen Ausgang nimmt, handelt es sich um eine meiner Lieblingsrouten, die freilich von Ihnen leicht modifiziert werden kann. Hierbei kommen Sie an einigen markanten Punkten vorbei. Es ist mit einer Gehzeit von etwa eineinhalb Stunden zu rechnen. Wenn Sie sich für die einzelnen Kernpunkte Zeit nehmen, kann sich die Verweilzeit auf dem Zentralfriedhof dementsprechend verlängern.

Durch Zufall habe ich einmal im Internet einen Bericht aufgestöbert, der von der Grabstätte des Arthur Schnitzler berichtet. Somit habe ich mich – neugierig wie ich bin – bald aufgemacht, dieses Grab zu suchen, und dabei sogar Sturmwarnungen getrotzt. Aus dem Bericht ging hervor, dass das Grab abgelegen sein soll, und somit habe ich die erwähnte Gruppe 5b gesucht, und auch schnell gefunden. Dann fing aber das Mirakel an. Ich schlenderte zwischen stark verwitterten Gräbern, was nach einer guten halben Stunde immer noch nicht zum Ziel führte. Meine Enttäuschung war nicht gering, und so musste ich von dannen ziehen, ohne mein Ziel erreicht zu haben. Einige Wochen später begab ich mich wieder zum ersten Tor, und sah schon von weitem, das eine kleine Gruppe von Menschen ein Grab begutachtete, welches sehr schön gepflegt schien. Wie sich bald herausstellte, handelte es sich um das Grab von Arthur Schnitzler. So abwegig ist dieses Grab nämlich gar nicht. Vielmehr ist es sehr leicht zu finden, aber ich habe mich wohl von der Berichterstattung ein wenig in die Irre führen lassen.

Meine Erfahrungen ließen damals erstmals auch den Wunsch in mir aufkommen, einen Friedhofsführer zu schreiben. Es mag zwar nicht allzu schwer sein, Schleichpfade und spezifische Routen für sich zu entdecken, doch ob diese zu Kernpunkten des Zentralfriedhofs führen ist eine ganz andere Frage.

Nun also zum ersten Tor und somit dem altjüdischen Friedhof. Sie durchschreiten das Tor, und halten sich gleich mal rechts, um auch sicher dem Grab von Schnitzler entgegen zu steuern. Zunächst kommen Sie an einer Toilettenanlage vorbei, danach folgt auch schon ein Weg in Halbkreisform, der zur Gruppe 5b und ohne viel Suchen zu den Grabstellen von Arthur Schnitzler, Friedrich Torberg und Gerhard Bronner führt. Sowohl Schnitzler als auch Torberg sind Literaten, die eine immense Bedeutung für Wien haben. Wer *Leutnant Gustl* oder *Der Schüler Gerber* gelesen hat, wird einen nachhaltigen Eindruck dieser Bücher verspüren. Und Gerhard Bronner hat mit den „Travnicek-Dialogen", die er mit Helmut Qualtinger geführt hat, österreichische Kabarettgeschichte geschrieben.

Bis heute finden nur in Einzelfällen noch Begräbnisse auf dem Areal statt.

Im Sinne von Punkt 8 des „Washingtoner Abkommens 2001", der die Unterstützung für die Restaurierung und Erhaltung jüdischer Friedhöfe in Österreich vorsieht, ist nunmehr ersichtlich, dass zumindest ein Teil der Gräber und Grufte restauriert worden ist.

Da die jüdische Religion ihren Verstorbenen ewige, ungestörte Ruhe zusichert, bleiben die Gräber „für immer" (also so lange es den Friedhof gibt) bestehen.

Es ist imposant, über dieses Areal zu gehen, wie Sie schnell bemerken werden. Verfolgen Sie den Weg nach der Besichtigung der Grabstellen von Schnitzler, Torberg und Bronner geradewegs weiter, können Sie an die Friedhofsmauer anstoßen. Es ist zu empfehlen, dass Sie schon vorher einen Weg nach links einschlagen, und über einen zarten Trampelpfad gehen (auch wenn sich auf diesem Friedhofsareal eher wenige Menschen aufhalten, hat sich dennoch im Laufe der Jahre und Jahrzehnte ein Trampelpfad ergeben). Sie werden vieler Gräber ansichtig, die großteils zerstört sind. Sind Sie bis zur Friedhofsmauer vorgegangen, stoßen Sie automatisch nach einiger Zeit auf eine Reihe von Grabsteinen, die nur mehr zum Teil erhalten sind. Eine Aufschrift, die von der israelitischen Kultusgemeinde verfasst wurde, weist darauf hin, dass es sich um Grabsteine handelt, die bei Bombenangriffen beschädigt wurden, und deren dazu gehörige Grabstellen nicht mehr eruiert werden konnten.

Haben Sie schon vor der Mauer den Weg nach links eingeschlagen, können Sie dennoch leicht in unmittelbarer Nähe die Teile der Grabsteine sehen, und den Weg dorthin einschlagen.

Sie können nun der Friedhofsmauer entlang flanieren, bis Sie beim Tor 12 anlangen. Von diesem Punkt aus dauert es nicht mehr lange, bis Sie wiederum nach links einbiegen, und bald ein Grabfeld erreichen, das Soldatengräber beherbergt. Es handelt sich weitgehend um Opfer des ersten Weltkrieges. Eingepasst in diese Grabstätte ist ein Bauwerk, das Sie gerne betreten können. Ein Hinweisschild des Militärkommandos Wien und des österreichischen schwarzen Kreuzes weist darauf hin, dass es sich hierbei um eine Gedenkstätte *an die jüdischen Soldaten der K. u. K. Armee und des Bundesheeres der ersten Republik* handelt, *die Opfer der Shoa geworden sind.*

Zum 11. Tor ist es nicht mehr weit. Doch schon vor dem elften Tor können Sie weiter gerade aus schreitend das Grab des Begründers der Logotherapie, *Viktor Frankl*, besuchen. Es befindet sich in unmittelbarer Nähe der Soldaten-Gedenkstätte. Ich habe einen persönlichen Bezug zu Viktor Frankl, und hatte die Ehre, eine seiner letzten Vorlesungen im Jahre 1997 zu besuchen. Er verstarb am 2. September 1997. Bei der Logotherapie handelt es sich um eine sinnzentrierte Form der Psychotherapie. Der Mensch auf der Sinnsuche steht im Mittelpunkt. Die Leistungen von Viktor Frankl können gar nicht hoch genug eingeschätzt werden.

Ich verweile hier gerne eine Zeit lang. Von dieser Grabstelle aus ist es – wie geschrieben – nicht weit bis zum 11. Tor, und dort können Sie nach links einbiegen, und dann bemerken, dass sich auf der linken Seite noch eine Weile Gräber des altjüdischen Friedhofes befinden, während auf der rechten Seite bereits christliche Gräber situiert sind.

Gehen Sie eine Weile (nicht allzu lang) geraden Weges, können Sie rechter Hand bereits den buddhistischen Friedhof auftauchen sehen. Schlagen Sie also den Weg nach rechts ein, und bald schon können Sie den buddhistischen Friedhof betreten, der einen ganz besonderen Stellenwert für den Wiener Zentralfriedhof hat (darüber berichtete ich schon an anderer Stelle). Vom buddhistischen Friedhof aus gehen Sie dann weiter, und zwischen den Gruppen 47b und 47c entlang, langen Sie nach kurzer Zeit bei der *Priesterbegräbnisstätte der Erzdiözese Wien* an. Die Friedhofskirche, welche sich unmittelbar daneben befindet, können Sie zu den Öffnungszeiten (siehe Serviceteil) besichtigen.

Aber zurück zu unserem Weg. Verfolgen Sie von der *Priesterbegräbnisstätte* ausgehend den Weg nach rechts, werden Sie bald ein Grabfeld ausfindig machen, das sowjetische Soldaten, die im zweiten Weltkrieg gefallen sind, beherbergt. Haben Sie dieses Grabfeld durchschritten, sind Sie fast schon am Ziel angelangt. Ihr Weg führt zunächst noch an der städtischen Friedhofsgärtnerei vorbei. Dann aber kommen Sie auch schon zu einem breit angelegten Weg, der direkt zum dritten Tor führt. Diesen Weg entlang kommen Sie noch an zahlreichen *Ehrengräbern*, dem *Babyfriedhof* und dem *Park der Ruhe und Kraft* vorbei. Sollten Sie alle nur möglichen Kernpunkte auf dem Weg vom ersten zum dritten Tor genauer betrachten, kann sich der Spaziergang freilich ausdehnen. Allemal ist diese erste Route dazu angetan, viele wichtige Merkmale des Wiener Zentralfriedhofes zu durchschreiten und kennen zu lernen. Vom Entdeckungswert her gesehen ist diese Route zweifellos besonders spannend und abwechslungsreich.

Der evangelische Friedhof: Route 2

Gleich links neben dem dritten Tor des Zentralfriedhofes gelegen, befindet sich der evangelische Friedhof, der am 14.
November 1904 eingeweiht worden ist.

Hierher verirrt sich kaum ein Tourist. Eine kleine Besichti-
gungstour lohnt sich allemal. Wenn Sie den evangelischen
Friedhof breiträumig entdecken wollen, können Sie damit
rechnen, sich hierfür eine Stunde und mehr Zeit zu nehmen.

Gleich nach dem Betreten dieses Friedhofes sehen Sie auf der
rechten Seite die Aufbahrungshalle, und direkt vor sich die
Friedhofskirche. Sie können sich dann gleich rechts halten, da
eine Wendung nach links in einer „Sackgasse" enden würde.
Nach wenigen Metern besteht die Möglichkeit, diesmal doch
links einzubiegen, und hiermit in jenes Areal zu gelangen, wo
Geistliche der evangelischen Kirche begraben sind. Vor sich
sehen Sie auch schon die Friedhofsmauer, welche den evangelischen Friedhof vom neuen jüdischen Friedhof trennt. Es
bleibt Ihnen nichts anderes übrig, als nach rechts einzuschla-
gen, und je nach Lust und Laune der Friedhofsmauer entlang
zu gehen, oder aber auch nach einem Weilchen den Weg nach
rechts zu wagen, der Sie – insofern Sie die erste Möglichkeit
des Einbiegens nutzen – schnell zu einem Denkmal führt, das
den evangelischen Gemeinden A.B. und H.B. gewidmet ist.
Hier, rund um den kleinen Kreis, der das Denkmal um-
schließt, finden Sie einige besonders schöne Grabstellen.
Links und rechts sind die Gruppen drei und vier situiert, die
Sie nach nur kurzer Durchschreitung zu einem mächtigen

Baum führt, und nur wenige Meter später zu einem großen Holzkreuz des Friedhofes, das von Bäumen und Büschen umrankt ist.

An dieser Gabelung ist ein Ausschreiten nach links zu empfehlen, welches Sie wiederum zur mittlerweile vertrauten Friedhofsmauer zurückführt. Gerade aus schreitend gehen Sie dann auf einer Rasenfläche entlang, die fast unberührt scheint. Von Trampelpfad kann hier im Jahre 2019 noch keine Rede sein. Es dürfte auch noch ein Weilchen dauern, bis ein Trampelpfad entstehen mag. Wenn dann kurzfristig die Reihen von Grabsteinen enden, führt ein Ausschreiten nach rechts nach wenigen Metern zu einer Grabstätte von Ordensschwestern. Dem Hauptweg folgend will ich Sie auf eine Besonderheit aufmerksam machen, die ein wenig versteckt liegt. Nur wenige Meter von der vor Ihnen liegenden Begrenzungsmauer zum Zentralfriedhofsareal entfernt befindet sich rechts liegend ein Dickicht, das leicht betreten werden kann. Hier sehen Sie einige Grabstellen, welche wie vergessen scheinen. Ich schätze besonders ältere Gräber, an denen schon das Rad der Zeit nagt, und hier können Sie diesbezüglich schnell fündig werden.

Aus dem Dickicht herauskommend, und dann nur einige Meter nach links, und dann nochmals nach links gehend erkennen Sie eine grün gestrichene Tür, durch die es möglich ist, direkt vom evangelischen Friedhof zum Zentralfriedhof (Nähe 3. Tor) zu gelangen. Nunmehr können Sie diese Tür durchschreiten, und dann – wenn Sie wollen – weiträumig das Gelände des Zentralfriedhofs weiter erkunden. Tatsächlich sind, wenn Sie sich nahe der äußersten Begrenzungen bewegen, weite Spaziergänge möglich. Doch mir geht es nunmehr um eine Route, die relativ kurz, aber dennoch hochspannend ist. Das Areal des evangelischen Friedhofes ist sehr leicht erfassbar, und wenn Sie dann wieder den Rückweg antreten, können Sie in aller Ruhe durch die Gräbergruppen flanieren, und Ihren Gedanken freien Lauf lassen.

Überhaupt kann ein Spaziergang auf einem Friedhof Gedankenblockaden auflösen; zumindest bin ich davon überzeugt. Das Studieren der Grabinschriften ist eines meiner Lieblingsbeschäftigungen auf dem Wiener Zentralfriedhof. Grabsteine und Grabstellen sind nicht nur einfach Bereiche, die auf die Ruhestätten von Verstorbenen hinweisen. Sie erzählen nicht selten besondere Geschichten, auf die sich der einzelne Friedhofsbesucher einlassen kann.

Wer dem evangelischen Friedhof die Ehre gibt, kann auch die Gräber von *Egon Friedell* und *Tina Blau* entdecken. Der studierte Philosoph Egon Friedell galt als Universalgenie. Er war Schriftsteller, Essayist, Kritiker, Journalist, Schauspieler, Kommentator, Übersetzer, Kabarettist und noch einiges mehr in einer Person. Egon Friedell war jüdischer Herkunft und konvertierte 1897 zum Evangelisch-Lutherischen Glauben. Er hatte geglaubt, dass ihm die Nazis als „deutschem Schriftsteller" nichts anhaben konnten. Doch am 16. März 1938 läutete die SA bei ihm Sturm. Er nahm dies zum Anlass, ins Wohnungsinnere zu gehen, hinter sich abzuschließen, das Fenster zu öffnen und sich aus diesem zu stürzen. Friedell hätte den Selbstmordversuch überlebt, aber wohl noch während des Sturzes dürfte sein Herz versagt haben. Zwei Ärzte stellten seinen Tod fest. Sein Grab befindet sich in der Gruppe 9 in der Reihe 1 und ist direkt am Hauptweg gelegen, also sehr gut auffindbar.

Auch das Grab der Malerin Tina Blau ist über den Hauptweg gut erkennbar. In der Gruppe 3 befindlich, und somit wie jenes von Friedell linksseitig gelegen, ist es schnell zu erreichen. Tina Blau malte viele Bilder von Wien und kann aus heutiger Sicht als Landschaftsmalerin gesehen werden. Ihre Impressionen vom Wiener Prater gefallen mir als gebürtigen Leopoldstädter ganz besonders.

Spaziergang auf dem neujüdischen Friedhof: Route 3

Unser erster Spaziergang führte uns vom ersten Tor – also von der alten jüdischen Abteilung ausgehend – letztlich zum dritten Tor. Noch ein Stückchen weiter befindet sich das vierte Tor des Zentralfriedhofs, wo der neujüdische Friedhof untergebracht ist.

Das an den evangelischen Friedhof angrenzende Grundstück wurde von der israelitischen Kultusgemeinde im Jahre 1911 gekauft. Die Einweihung verzögerte sich wegen des Ausbruchs des ersten Weltkrieges. Schließlich wurde ein Wettbewerb ausgeschrieben (Preisträger: Architekt Ignaz Reiser). Danach kam es zur Errichtung der Leichenhallen, des Verwaltungsgebäudes sowie einer monumentalen Zeremonienanlage. Im September 1928 erfolgte die Einweihung. Bis ins Jahr 1935 hinein wurde der neue jüdische Friedhof erweitert.

Die Reichskristallnacht brachte mit sich, dass beide Zeremoniengebäude verwüstet wurden. Zudem kam es auch noch zu schweren Beschädigungen durch Bombentreffer gegen Ende des zweiten Weltkrieges. Es dauerte bis Ende Dezember 1967, bis der Friedhof wieder soweit hergestellt war, um seine Bestimmung zu erfüllen.

Bevor das Portal durchschritten werden mag, sollten Sie – insofern Sie männlichen Geschlechts sind – auf alle Fälle eine Kopfbedeckung tragen. Diese Vorschrift gilt aus religiösen Gründen, und eine Einhaltung ist erforderlich. Der Friedhof hat an allen Samstagen sowie jüdischen Feiertagen geschlossen. Im Serviceteil sind die Öffnungszeiten genau angegeben.

Sind Sie durch das Tor gegangen, befindet sich frontal vor Ihnen das Verwaltungsgebäude, welches freilich auch schon zuvor deutlich sichtbar ist. Nach links schlängelt sich ein Weg, auf dem – ehe der Hauptweg auftaucht – einige wichtige Elemente des neujüdischen Friedhofs besichtigt werden können. Zunächst sehen Sie eine schwarze Tafel mit gelber Schrift, auf der steht: *Wer 30 Tage nicht auf dem Friedhof war, sagt diesen Segenspruch nahe beim Grab.* Der Segenspruch ist freilich in hebräischer Sprache verfasst. Gleich daneben befindet sich ein Orientierungsplan des neujüdischen Friedhofs.

Wenige Meter weiter befindet sich links vom Weg eine tief gelegene Tafel, die darauf hinweist, dass hier Reste von Thorarollen begraben sind, welche in *der „Kristallnacht" des Jahres 1938 von Nazihorden entweiht, zerrissen und verbrannt wurden.*

Rechts vom Weg taucht dann bald ein Monument auf, das *den gefallenen israelischen Soldaten 1948 bis 1998* gewidmet worden ist. Ein weiterer Gedenkstein trägt die Inschrift:

Hunderttausende jüdische Soldaten in den alliierten Armeen, sowie Tausende jüdische Partisanen haben in den Jahren 1938 bis 1945 im Kampf gegen die menschenverachtende Herrschaft der Nationalsozialisten ihr Leben gelassen. Ihr Andenken sei gesegnet.

Es sei Ihnen, die Sie diese Route wählen, und den neujüdischen Friedhof besichtigen wollen, anempfohlen, jene Gedenksteine und Gedenktafeln nicht außer Acht zu lassen.

Diese Monumente erzählen von einigen Hintergründen, die nachdenklich machen, und somit auf den Gang durch den neujüdischen Friedhof einstimmen.

Sie langen bald auf dem Hauptweg an. Wenn Sie diesen Hauptweg für eine Weile verfolgen, bis Sie nur mehr auf der Wiese vorwärtsschreiten könnten, und gleichzeitig auf einen breiten Weg stoßen, der nach links (und rechts) führt, befinden Sie sich nach nur wenigen Schritten – links schreitend - bei der Gruppe 22 des neujüdischen Friedhofs. Gleich in Reihe zwei ist das Grab für die sehr bekannte Kinderbuchautorin *Mira Lobe* gelegen. Der Grabspruch richtet sich direkt an ihre jungen Leser/Innen: *„Warum sich ein Mensch wie ein Mensch benimmt, ist unwichtig. Hauptsache – er tut es!"* Dieses Grab ist am besten über den von mir beschriebenen Hauptweg erreichbar. Es ist einer der „Glücksfälle", die auftreten können, wenn ein Friedhof durchschritten wird, und Gräber aufgefunden werden, mit deren Existenz an dieser Stelle man nicht gerechnet hätte. Ich hatte als Kind – soweit ich mich richtig erinnern kann – eine persönliche Begegnung mit Mira Lobe, da die Autorin jene Volksschule besuchte, wo ich meine ersten vier Jahre als Schüler verbrachte. Nun ihres Grabes ansichtig zu werden ist – zweifellos – eine ungewöhnliche „Begegnung". Mira Lobe gehört für mich zu den wichtigsten Kinderbuchautoren des deutschsprachigen Raumes.

Orientieren Sie sich vom Grab von Mira Lobe ausgehend weiter vorwärts, dann gelangen Sie bald an die Friedhofsmauer, und Sie können den Friedhof nunmehr nach links ausschreitend weiter kennen lernen. In diesem Bereich sind zahlreiche Gräber von Gras wild überwuchert. Hier sind zum Teil sehr alte Gräber untergebracht, deren Inschriften öfters nicht lesbar sind. Am Ende der Geraden beginnt eine Massengräberanlage, welche im Juli 2000 unter Mithilfe der Chewra Kadischa restauriert worden ist. Einige Tafeln weisen darauf hin, dass in diesem Bereich zahlreiche Märtyrer ruhen, *die in verschiedenen Anhaltelagern unter der Herrschaft des Faschismus barbarisch hingemordet wurden.* Ebenfalls ist hier eine *Ruhestätte der ehemals auf dem alten Währinger Friedhof beerdigten, enterdigt und hier wiederbestattet im Jahre 1941* situiert.

Bald gelangen Sie zur Gruppe 21. Gehen Sie die Gruppe 21 entlang, können Sie wiederum des Grabes von Mira Lobe (aus der Entfernung links gelegen) ansichtig werden. Nunmehr gehen Sie diesen Weg weiter, bis Sie nach rechts einbiegen mögen – und zwar zwischen den (gut sichtbaren) Gruppen 5 und 10 schreitend. Dieser Weg – und das ist auch der Hauptgrund, warum ich dessen Durchquerung beschreibe – führt dann nach einiger Zeit unweigerlich zur Gruppe 3. Dort wiederum ist der sogenannte „Vater des Wunderteams" begraben, der unvergessliche *Hugo Meisl.* Das Grab ist sehr einfach gehalten, aber kaum zu verfehlen.

Insofern Sie sich weiter geradeaus bewegen, werden Sie schon sehr bald ein weiträumiges Gräberfeld sehen, das sich auf der linken Seite – von Ihnen aus gesehen – erstreckt. Die Gruppe 26 durchschreitend betreten Sie ein Areal, wo sich einige Gräber der jüngeren Vergangenheit befinden. Zum Teil (wahrscheinlich) auch frisch aufgeschüttete Gräber. Vor sich können Sie übrigens schon die Friedhofskirche des evangelischen Friedhofs sehen. Ganz rechts bei der Friedhofsmauer ist eine eigene Grabanlage. Eine tief gelegene Tafel besagt:

Hier ruhen die sterblichen Überreste von namentlich nicht bekannten Opfern der nationalsozialistischen Justiz, deren Körper für Zwecke der Forschung und Lehre in anatomischen und in anderen Instituten der medizinischen Fakultät der Universität Wien unrechtmäßig verwendet worden sind. Die Universität Wien bedauert diese schuldhafte Verstrickung zutiefst und gedenkt in Ehrfurcht dieser Menschen.

An dieser Stelle verweile ich gerne für längere Zeit. Sie können die einzelnen Grabreihen durchschreiten, und Ihren Spaziergang hier ausklingen lassen. Denn der Ausgang ist schließlich, wenn Sie zurückgehen, schnell über ein in der Nähe der Gruppe 1 geöffnetes Tor des Verwaltungsgebäudes erreichbar.

Auf dem neujüdischen Friedhof lässt sich sehr viel entdecken. Die von mir beschriebene Route führt an einigen neuralgischen Punkten vorbei, doch kann es freilich nur ein Beispiel sein. Manchmal tauchen hier auch Rehe oder Fasane auf. Gerade dieses Areal wird nur marginal von Menschen besucht, die nicht Teil der jüdischen Glaubensgemeinschaft sind. Umso mehr möchte ich Ihnen einen Spaziergang ans Herz legen. Hier kann unter anderem jüdische Kultur betrachtet und entdeckt werden. Ein Verzicht auf den Besuch dieses wichtigen Teils des Zentralfriedhofes wäre ewig schade.

Spaziergang von Tor 2 aus: Route 4 – „Tourismusroute"

Auf den anderen Routen, welche ich beschrieben habe, und die ich Ihnen, liebe Leserinnen und Leser, ans Herz lege, kann es sein, dass Ihnen nur sehr wenige, auf manchen Wegen sogar überhaupt kein Friedhofsgeher begegnen wird. Die Intention für diesen *Zentralfriedhofsführer* hat auch genau mit dem Aspekt zu tun, dass Sie Wege beschreiten können, die großteils nur wenig betreten werden. Nunmehr aber lässt es sich nicht vermeiden, Ihnen auch eine Route anzubieten, welche zumindest teilweise von Touristen beschritten werden mag. Somit habe ich mich entschieden, den Spaziergang als „Tourismusroute" zu bezeichnen.

Das Tor 2 ist das Hauptportal des Wiener Zentralfriedhofs. Sie sehen also schon, bevor Sie es durchgehen, die prächtige Luegerkirche vor sich. Gehen Sie auf die Friedhofskirche zu, so können Sie nach wenigen Metern bereits die beiden Aufbahrungshallen 1 und 2 links und rechts von Ihnen sehen. Als eine der Möglichkeiten, zur *russisch orthodoxen Abteilung* zu gelangen, beschrieb ich auch die alten Arkaden. Nunmehr mögen Sie auf die links gelegenen Arkaden zugehen, und das Tor durchschreiten. Dann wiederum links befindet sich bereits jene Gruppe, wo das Grab des bekannten Autors *Dr. Hugo von Hofmannsthal* situiert ist. Es fällt sehr schnell ins Auge, und ist und bleibt unübersehbar. Halten Sie sich danach bald wieder rechts, um sich also in gleicher Richtung wie der Hauptweg zu bewegen, ist es unvermeidlich nach wenigen Minuten bei der Ehrengräbergruppe 32A anzulangen, welche – zweifellos – die meist besuchte „Attraktion" des Wiener Zentralfriedhofs darstellt. Hier sind fast immer

Touristen aus den verschiedensten Ländern unterwegs, weil sie die Ehrengräber der Musiker bewundern wollen. Um ein paar Beispiele zu nennen: *Hugo Wolf, Eduard Strauss, Josef Strauss, Johann Strauss Vater, Josef Lanner, Franz Schubert, Brahms, Johann Strauss.*

Das meistfotografierte Objekt des Wiener Zentralfriedhofs wird wohl höchstwahrscheinlich das Ehrengrab von Johann Strauss sein, was Sie nicht dazu verleiten soll, einzig an dieser Stelle fotografisch aktiv zu sein. Vielmehr gibt es unzählige wunderbare Impressionen, die Sie von diesem außerordentlichen Friedhof festhalten können. Eine Reduktion des Zentralfriedhofes auf diese viel besuchten Musiker-Ehrengräber ist und bleibt aber eine merkwürdige Sache.

Gegenüber von den Musikergräbern – also auf der rechten Seite des Hauptweges – befindet sich die Ehrengräbergruppe 14A. Am bekanntesten mögen die Ehrengräber für *Theophilos Hansen, Josef Kornhäusl und Carl von Lützow* sein.

Einige Meter vor der Bundespräsidentengruft (diese ist unmittelbar vor der Luegerkirche situiert) befindet sich linksseitig gelegen die Ehrengräbergruppe 32C, welche Sie keinesfalls versäumen sollten. Wenn Sie diese Ehrengräbergruppe abgehen, werden Sie der Gräber zahlreicher für die Geschichte Österreichs unverzichtbarer Persönlichkeiten ansichtig. Wiederum einige wichtige Beispiele:

Robert Stolz, Albin Skoda, Hans Moser, G.W. Pabst, Max Böhm, Fritz Wotruba, Karl Farkas, Helmut Qualtinger, Franz Werfel,

Paula von Preradovic, Ernst Jandl, Marcel Prawy, Carl Szokoll, Gusti Wolf, Rosa Albach-Retty.

Die Friedhofskirche ist – im Normalfall – zwischen 9 und 16 Uhr zu besichtigen. Es sei die HP www.luegerkirche.at empfohlen, wo Sie genauere Informationen erhalten. Weiteres dann noch im Serviceteil dieses Zentralfriedhofsführers. Sie sollten sich die Zeit nehmen, diese Kirche zu besuchen, und Sie nicht allzu schnell – wie es Touristen ansonsten gerne tun mögen – „hinter sich lassen".

Damit kann der „Touristenpfad" als beendet erklärt werden. Aber es versteht sich von selbst, dass eine Route nur dann ihren Zweck erfüllt, insofern Sie noch die eine oder andere Überraschung offenbart. In diesem Zusammenhang sei insbesondere auf die noch folgende „Route 5" verwiesen. Zudem hat ein Spaziergang den Zweck, ein wenig auszuschreiten, und sich nicht nur ein wenig die Beine zu vertreten. Somit setzen wir also unsere Route fort, und bewegen uns rechts an der Friedhofskirche vorbeischreitend weiter. Nach einigen Metern sehen Sie links bereits die Gräber der *Salesianer Don Bosco.* Wenig später taucht rechter Hand die Gruppe 46A auf. Sollten Sie bereits den buddhistischen Friedhof besucht haben (und einen der beiden Wege gewählt, die rasch ans Ziel führen), dann könnte Ihnen dieser Weg bekannt vorkommen. Früher oder später sehen Sie nämlich den buddhistischen Friedhof wieder und sollten Sie ihn zuvor noch nicht besichtigt haben oder aber nochmals besuchen wollen, dann haben Sie keine Scheu und betreten diese ungewöhnliche Gedenkstätte (im Übrigen handelt es sich um die Gruppe 48).

Gehen Sie nun auf alle Fälle nach links weiter in Richtung von Tor 1. Es spielt – zunächst – keine Rolle, wo genau Sie gehen; wichtig ist, dass Sie am Ende in jenen Weg einbiegen, wo das erste Tor sichtbar ist; also jenen Weg, der als Hauptweg gilt. Einem reinen Zufall hatte ich es zu verdanken, dass ich eines Tages plötzlich vor dem Ehrengrab für *Karl Kraus* stand. Dieses Grab ist nicht allzu leicht zu entdecken. Wird aber ein Parameter beachtet, dann steht einer Begegnung Ihrerseits mit diesem Ehrengrab nichts im Wege. Schreiten Sie also dem Tor 1 entgegen, so landen Sie schließlich bei Gruppe 8 (links) sowie Gruppe 4 (rechts). Gehen Sie dort nach rechts (breit angelegter Weg), wo sich die Gruppe 4 befindet. Nach kurzer Zeit sehen Sie dann auf der linken Seite dieses Weges das Ehrengrab für Karl Kraus.

Weiter vorwärtsschreitend langen Sie an der Friedhofsmauer an, und in diesem Bereich liegt die Gruppe 0 des Wiener Zentralfriedhofs, in der sich die ältesten Gräber des Friedhofs befinden (der Mauer entlang). Zum Tor 1, wo diese Route für Sie enden mag, ist es nicht mehr weit.

Da auf dieser Route einige längere Aufenthalte unumgänglich sind, kann es leicht sein, dass dieser Spaziergang am Ende fast zwei Stunden in Anspruch nimmt.

Für alle beschriebenen Routen lässt sich schreiben, dass es wesentlich ist, hierbei in erster Linie den Wiener Zentralfriedhof auf individuelle Weise entdecken zu können. Freilich lassen sich die einzelnen Routen variieren. Wenn Sie einige Eckpunkte kennen, dann ist es gar nicht so extrem schwer, sich sicher auf dem Friedhof zu bewegen, und nicht orientierungslos auf verlorenem Posten zu stehen. Selbst mir, der ich den Zentralfriedhof sehr gut kenne, passiert es immer wieder mal, dass ich auf völlig neue Aspekte stoße. Und damit ist auch gleich der Vorhang offen für die „Route 5".

Route 5: Überraschungen als Bereicherung

Dieser „Zentralfriedhofs-Führer" soll auch Lust auf mehr machen. Die zuvor von mir beschriebenen Routen sind Anreize, wie innerhalb weniger Stunden adäquate Punkte des Zentralfriedhofs erreicht und in Augenschein genommen werden können. Zudem bieten die Darstellungen besonderer Areale einen Überblick darüber, welche Aspekte bzw. Abteilungen des Zentralfriedhofs hervorstechen mögen. Das ist immer auch eine individuelle Vorstellung. Tatsächlich bietet der Zentralfriedhof unzählige Optionen für Entdeckungen. Wenn ich also nunmehr eine „Route 5" angebe, so bleibt diese Ihnen überlassen! Das muss keine Kombination der anderen Routen sein, das kann auch eine Route werden, die Ihnen viele Überraschungen beschert.

Es verhält sich am Zentralfriedhof so, dass Wegweiser an Knotenpunkten das Erreichen angesteuerter Ziele vereinfachen. Der Übersichtsplan des Hauptareals kann dazu dienen, vorab in etwa einzuschätzen, wie sich die für Sie besonders interessanten Gruppen des Zentralfriedhofs bei einem Spaziergang verknüpfen lassen. Auszuscheren, also sozusagen den „sicheren" Weg zu verlassen, kann in Gefilde führen, die Überraschungen für Sie parat haben. Aus eigener Erfahrung kann ich Ihnen von zwei Beispielen für „Überraschungen der besonderen Art" erzählen.

Den buddhistischen Friedhof, der ja am 23. Mai 2005 eingeweiht wurde, wie Sie schon erfahren haben, entdeckte ich „zufällig", als ich eines Tages knapp zwei Jahre nach seiner

Einweihung einen etwas anderen Weg als „üblich" nahm. Der Stupa ragt hervor und so machte ich also eine Erfahrung, die ich nicht missen möchte. Zwar ist der buddhistische Friedhof aus der Nähe betrachtet keineswegs unauffällig, so lange man sich jedoch in gewisser Entfernung von ihm bewegt, ist er schwer auszumachen. Umso mehr habe ich mich gefreut, und ihn gerne in meinen 2007 verfassten „Zentralfriedhofs-Führer" integriert.

Das zweite Beispiel ist jenes eines Grabes, das sich mir zeigte. Am Besten erreichbar ist es, wenn vom Hauptweg des zweiten Tores in Höhe der nicht zu übersehenden *Thonet*-Gruft eingebogen wird. Dann geradeaus halten, und kurz vor einem auffälligeren Seitenweg links einbiegen. Das Grab befindet sich vielleicht 100 Meter von der Friedhofskirche entfernt.

2015 schrieb ich einige Zeilen, die ich an dieser Stelle zitieren möchte, weil sich an den Gegebenheiten nichts geändert hat:

Auf dem Zentralfriedhof begegnet dem Friedhofsgänger bald etwas Neues, wenn mal eine etwas andere Route gewählt wird. Das Areal ist ja enorm und die Sichtung einer ungewöhnlichen Grabstätte jederzeit möglich. Ein Grab für einen Mann, der am 20.11.2002 in Potosi, U.S.A., hingerichtet worden ist, ist eine besondere Entdeckung.

Die Gedenkstätte wurde von seiner Witwe Gerti initiiert, die William Robert Jones im Gefängnis geheiratet hat. Die Grabplatte zeichnet sich auch dadurch aus, dass auf dieser drei seiner Zeichnungen zu sehen sind, darunter ein Selbstportrait.

Diese Gedenkstätte soll auch darauf aufmerksam machen, wie viele Menschen in den U.S.A. Jahr für Jahr zum Tode verurteilt werden. Wie hinlänglich bekannt gibt es immer wieder Unschuldige, an denen die Todesstrafe vollstreckt wird. Manche haben das „Glück", dass nach Jahrzehnten des Ausharrens in der Todeszelle ihre Unschuld bewiesen wird. All dies zeigt allzu deutlich auf, dass die Todesstrafe nicht nur aus moralischen Gründen, sondern allein schon aufgrund der Möglichkeit eines Justizirrtums nicht verhängt werden dürfte. Ob William Robert Jones in Notwehr handelte oder ob er tatsächlich einen kaltblütigen Mord begangen hat war Gegenstand der Verhandlung, und ist bis heute nicht bestimmbar. Doch angesichts seines schrecklichen Endes ist es müßig, darüber noch zu spekulieren.

Als ich eines Tages mit einigen Bekannten die Grabstätte aufsuchte, war ein älteres Paar damit beschäftigt, das Grab daneben zu pflegen. Wir kamen irgendwie ins Gespräch und der Mann fragte mich, ob der „Nachbar" tatsächlich hier begraben sei. Mir ist nichts gegenteiliges bekannt. William Robert Jones wurde von den U.S.A. nach Wien überführt, das Bestattungsdatum ist offiziell eingetragen. Wenige Monate später war das links neben jenem für William Robert Jones liegende Grab aufgelassen. Seitdem habe ich mich einige Male gefragt, ob dies mit dem Gespräch zusammen hängen könnte. Aber vielleicht hatte das Paar ohnehin vorgehabt, das Grabnutzungsrecht ablaufen zu lassen.

Mittlerweile ist auch das Grab rechts von jenem für William Robert Jones nicht mehr vorhanden. Im Internet kann einiges nachgelesen werden. Leider existiert die von seiner Witwe Gerti gestaltete Gedenkseite nicht mehr.

Wenn Sie also beschließen, dem Zentralfriedhof die Ehre zu geben, sind Überraschungen nie auszuschließen. Es lässt sich mit einem Stadtspaziergang vergleichen, wo Sie in irgendeine Seitengasse einbiegen und sich die Stadt plötzlich in einem anderen Licht zeigt. Ihren Weg werden auch Denkmäler und Gedenkstätten kreuzen, die darauf warten, von Ihnen entdeckt zu werden. Denn eines darf nie vergessen werden: Ein Friedhof ist auch deswegen von kulturhistorisch enormer Bedeutung, weil er eine Gedenkstätte für Menschen vieler Generationen ist, die uns vorausgegangen sind. So zeigt sich auch die Verschiedenheit der Gedenkstätten. Und die einsetzende Individualisierung von Gräbern ist unübersehbar.

Also, lassen Sie sich auch überraschen, der Zentralfriedhof wird es Ihnen danken!

Ausklang: Friedhofscafé

Über viele Jahre habe ich mich gefragt, warum es kein Friedhofscafé am Wiener Zentralfriedhof gibt. Ich habe sogar ver-
sucht, medial auf diesen Umstand aufmerksam zu machen.

Im Mai 2015 schrieb ich:

*Ich habe eine Vision: Ich sitze in einem Café auf dem Areal eines
Wiener Friedhofes und genieße es, heiße Schokolade mit Schlag zu
trinken und dazu ein Stückchen Torte zu essen. Es ist ruhig hier,
denn dieses Café dient nicht dazu, Belanglosigkeiten auszutausch-
en. Die Menschen sprechen leiser, haben Respekt vor dem Ort, wo
das Café für Entspannung sorgt.*

Ziemlich genau drei Jahre später, nämlich im April 2018, eröffnete das Friedhofscafé am Wiener Zentralfriedhof. Es handelt sich um eine Filiale der berühmten Kurkonditorei Oberlaa, die sich in Sichtweite zum Bestattungsmuseum befindet,
also nur wenige Meter vom 2. Tor des Zentralfriedhofs entfernt. Wer auch immer ein Friedhofscafé betreibt, muss sich
dessen bewusst sein, dass Pietät von immenser Bedeutung ist.
Die Atmosphäre entspricht durchaus meiner Vision. Bei an-
genehmen Temperaturen lässt es sich auch schön auf der Ter-
rasse sitzen und den Ausblick auf den Zentralfriedhof genießen.

Ein Treffen mit einer jungen Journalistin machte mich erstmals mit dem Friedhofscafé vertraut. Das Gespräch verlief

sehr angenehm, und in mir reifte immer mehr die Überzeugung, meinen in die Jahre gekommenen „Zentralfriedhofs-Führer" zu aktualisieren. Das tue ich hiermit ja auch. Und das Friedhofscafé kann wie der Zentralfriedhof selbst ein wunderbarer Ort für Reflexionen sein.

Gerade für ältere und alte Menschen, für die der Besuch ihrer Liebsten am Friedhof beschwerlich ist, kann das Friedhofscafé ein wunderbarer Ausklang sein.

Wie schrieb ich 2015 so schön: *Ein Friedhofscafé passt zu Wien wie der berühmte Deckel zum passenden Topf.*

In kulinarischer Hinsicht ist diese Lokalität absolut empfehlenswert. Es gibt Kuchen, Torten und auch kleine Snacks zu akzeptablen Preisen. Und dazu natürlich je nach Vorliebe Kaffee, heiße Schokolade oder Kaltgetränke.

https://www.oberlaa-wien.at/standort-11/

Serviceteil

Öffnungszeiten des Wiener Zentralfriedhofes (Stand Dezember 2018)

Tore 1 bis 3 und Krematorium

3. November bis Ende Februar: von 8 bis 17 Uhr
März sowie von 1. Oktober bis 2. November: von 7 bis 18 Uhr
April bis September: von 7 bis 19 Uhr

Von Mai bis August ist jeden Donnerstag bis 20 Uhr geöffnet.

Evangelischer Friedhof (nahe Tor 3)

März, April: 8 - 18 Uhr

Mai, Juni, Juli, August: 7 - 19 Uhr

September, Oktober: 8 - 18 Uhr

Nov., Dez., Jänner, Februar: 8 - 17 Uhr

Neujüdischer Friedhof (Tor 4)

1. April – 30. Oktober

So. – Do.: 07:00 – 16:30 (Einlass bis 16:00 Uhr)
Fr.: 07:00 – 12:00 (Einlass bis 11:30 Uhr)

1. November bis 31. März

So.–Do.: 08:00–16:00 Uhr (Einlass bis 15:30 Uhr)
Fr.: 08.00–12:00 Uhr (Einlass bis 11:30 Uhr)

An Samstagen und jüdischen Feiertagen ist der Friedhof geschlossen.

Auf die Notwendigkeit des Tragens einer Kopfbedeckung aus religiösen Gründen – für Männer – ist auch an dieser Stelle hinzuweisen.

Tierfriedhof

3. November bis Ende Februar: 8 bis 17 Uhr
März und 1. Oktober bis 2. November: 7 bis 18 Uhr
April und September: 7 bis 19 Uhr
Mai bis August: 7 bis 20 Uhr

Luegerkiche

Montag bis Sonntag von 9 bis 16 Uhr

Heilige Messen jeden Sonn- und Feiertag um 9 Uhr

Zu Allerheiligen: Messen um 9, 10, 11 und 15 Uhr

Zu Allerseelen: Messen um 9, 11 und 15 Uhr

Feier des heiligen Abends: um 16 Uhr

Führungen finden jeden ersten Sonntag im Monat statt (ca. 9.45 Uhr)

Bestattungsmuseum

Mo – Fr: 9 - 16.30 Uhr
Nicht jeden Samstag geöffnet!
Telefonische Nachfrage via +43 (01) 760 67

Friedhofscafe
Konditorei & Cafe Oberlaa (bei Tor 2!)

Jänner, Februar: 8 bis 16.30 Uhr
März: 8 bis 17.30 Uhr
April bis September: 8 bis 18.30 Uhr
Oktober, Allerheiligen, Allerseelen: 8 bis 17.30 Uhr
ab 3. November, Dezember: 8 bis 16.30 Uhr
jeden Donnerstag (Mai bis August): 8 bis 19.30 Uhr

Verkehrsverbindungen:

Straßenbahnlinien 6 und 71 zu den Toren 1 bis 3
Straßenbahnlinie 6 zu Tor 4
Schnellbahn S7 zu Tor 11: Gehzeit zum Haupttor 2 ca. 20 Minuten

Parkmöglichkeiten bei den Toren 1 bis 4 sowie 9, 11 und Krematorium

Zu Allerheiligen ist der Parkplatz bei Tor 2 gesperrt!

Bei den Toren 1, 2, 3, 9 und 11 ist die Einfahrt mit dem PKW gegen eine Gebühr von 2,80 Euro möglich. Es gibt ein Schrankensystem, nur bei Tor 2 ist zusätzlich ein Portier.

Autobus auf dem Friedhofsgelände täglich zwischen 9 und 15.30 Uhr (Samstag, wenn Werktag bis 16.30 Uhr) im Halbstundentakt.

Der Fahrschein der öffentlichen Verkehrsmittel gilt auch innerhalb des Friedhofgeländes.

An Allerheiligen gibt es keinen Busbetrieb.

Infopoint

Der Infopoint befindet sich nahe beim Tor 2 und hat von Montag bis Freitag von 8 bis 15 Uhr geöffnet.

Park der Ruhe und Kraft

Russisch-orthodoxe Abteilung

Babyfriedhof

Tierfriedhof

Naturgarten

Waldfriedhof

Anatomie-Gedenkstätte

Krematorium

Buddhistischer Friedhof

Evangelischer Friedhof

Gruppe 40 – nationale Gedenkstätte

Neujüdischer Friedhof

Zeitfracht Medien GmbH
Ferdinand-Jühlke-Straße 7
99095 Erfurt, Deutschland
produktsicherheit@kolibri360.de